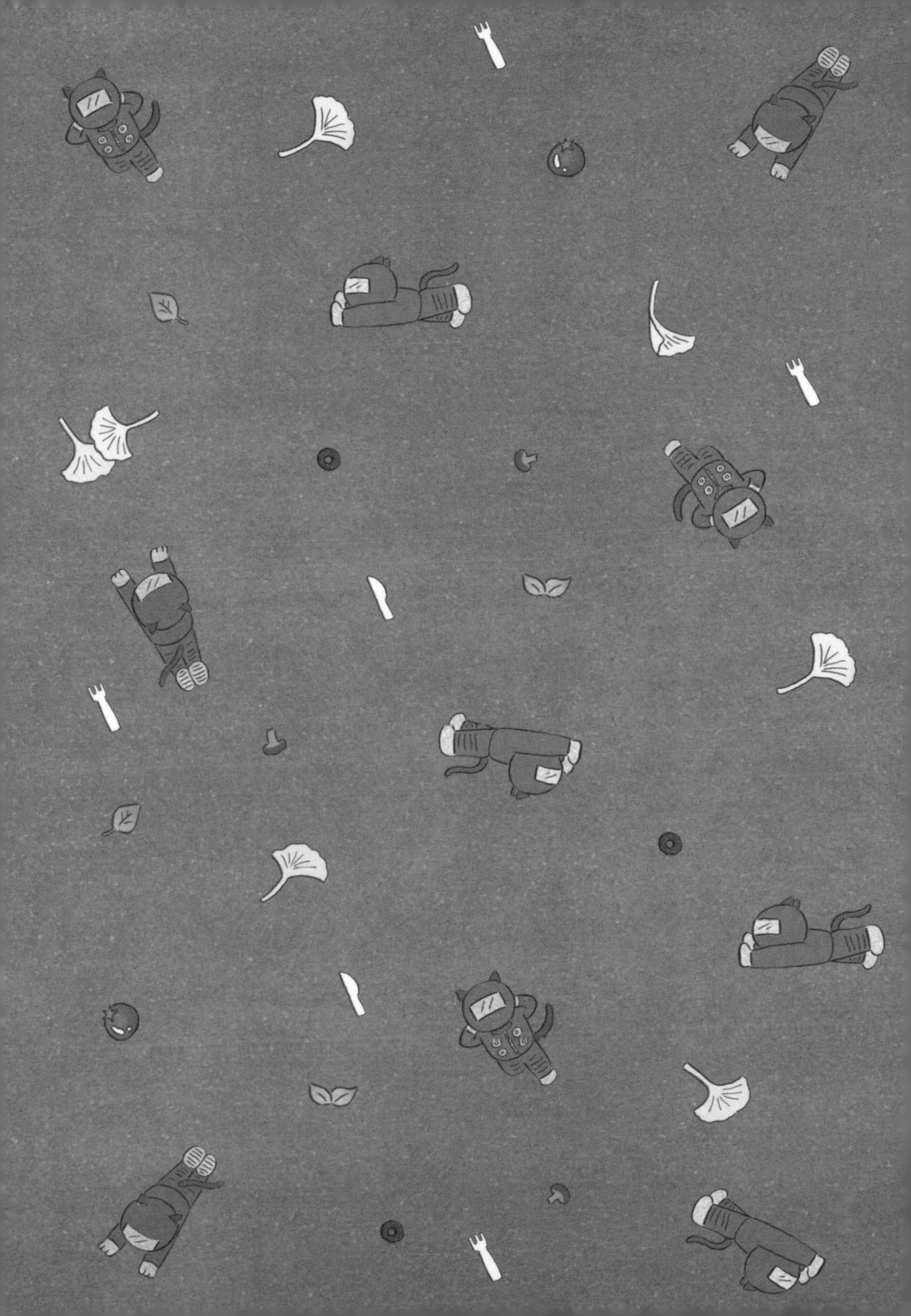

問題終結者
黑喵

❷ 挑戰最棒的料理！

洪旼靜／文　金哉希／圖　賴毓棻／譯

三民書局

目次

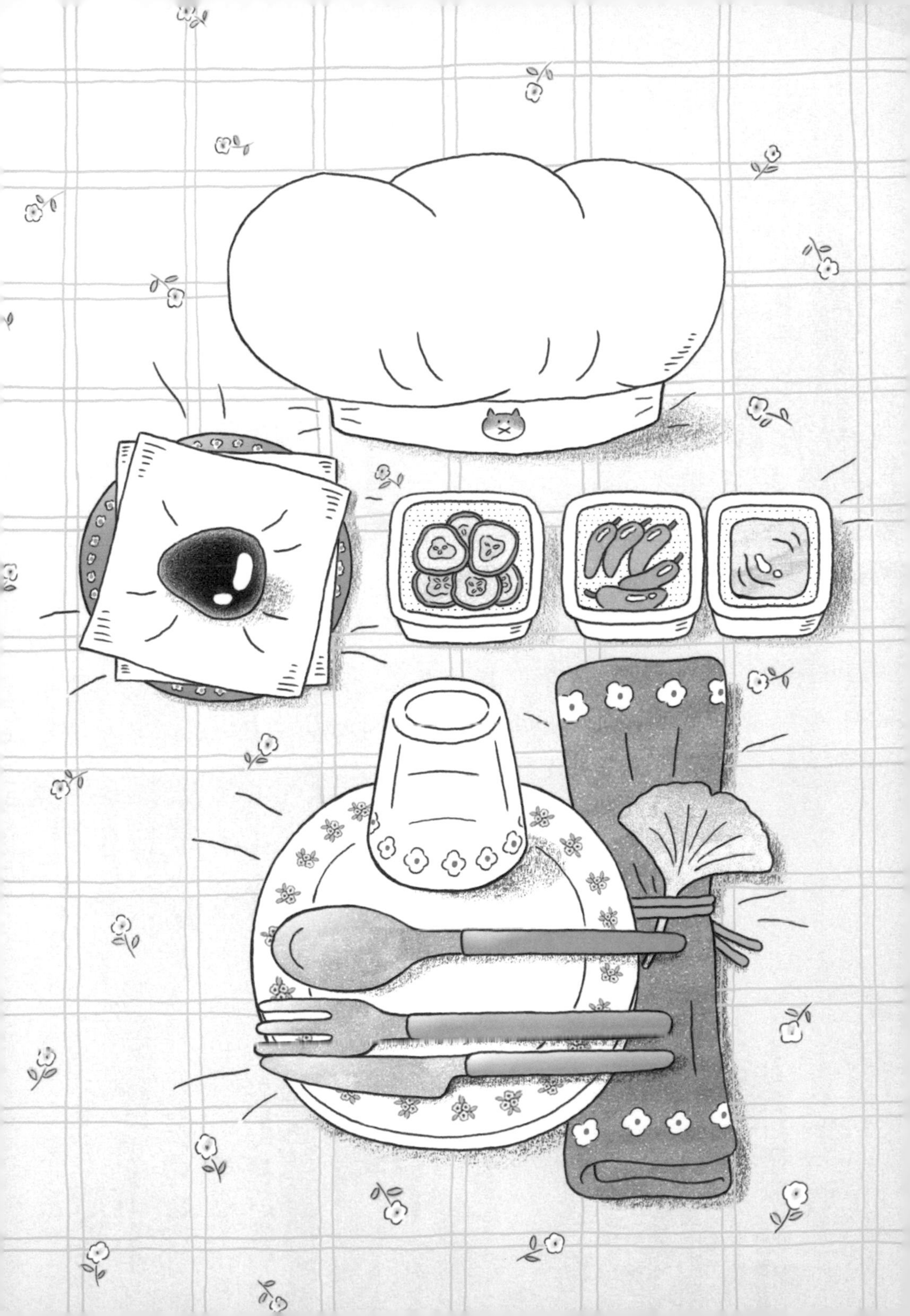

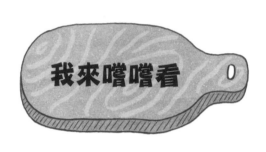

我來嚐嚐看

涼爽的秋風搖曳著染黃的銀杏樹。樹上落下的銀杏葉輕輕飄落在睡著午覺的貓咪頭上。但牠一動也不動，只是眨了眨眼，因為昨晚忙著在社區附近四處探險，實在是累壞了。牠像是頭上戴著銀杏葉皇冠般，再度睡去。

接著隨風吹來一股香氣，搔得牠鼻頭癢癢的。於是牠抬起頭，四處張望。

在公園對面的一排餐廳中，有個色彩格外繽紛的招牌引起了貓咪的注目。

開、口、笑、披、薩。

而且在「開口笑」和「披薩」中間，還畫上了一個美味誘人的披薩圖案。牠像是原本就打算要去那裡的樣子，笑嘻嘻走向披薩店。

在牠步入披薩店的那一瞬間，門上的小鈴鐺「叮鈴」的響了。老闆正忙著在廚房裡烤披薩，沒有聽見。

牠敲了敲門的內側，大喊：「有人在嗎？」

老闆還是沒有出來，於是牠又喊得更大聲了。

「有人在嗎？哈囉！」

這時老闆娘才走出廚房，手上還戴著用拼布做的厚厚隔熱手套。

「剛才是你喊的嗎？」

老闆娘透過圓框眼鏡，低頭望著牠。

「對，是我沒錯。我的名字叫黑喵。」

「黑喵？這個名字還真適合一隻黑貓呢。不過這裡是餐廳，所以貓不能進來。」老闆娘一臉為難的說。

黑喵掃視了一下整間店，從容的回答：「沒關係，只是一下下而已。再說，現在又沒有客人。」

黑喵將大大的行李箱立在桌子邊，一下子就跳到椅子上坐定，像個上門用餐的客人般理直氣壯。

你不可以
進來～
披薩
金黃焦香
CAT
起司
巴西里
辣醬

牠看著廚房，動了動鼻子後說：「披薩好像該出爐了喔。」

「嗯？哎呀！瞧我都忘了。」

老闆娘匆匆跑進廚房，拿出烤箱裡的披薩。店裡充滿著披薩剛出爐的美味香氣。

「嗯，烤得真是恰到好處。」

黑喵不知何時走進廚房，直盯著老闆娘看。

「可以借我聞一下味道嗎？我很好奇裡面放了哪些材料。」

「咦？你只要聞味道就能知道嗎？」

老闆娘暗自想著才不可能，同時將手中的披薩遞到黑喵面前。

牠動了動小小的鼻孔，歪著頭說：「嗯，光靠氣味確實聞不太出來。果然還是得吃吃看才知道。」

老闆娘一臉懷疑的低頭看著黑喵。牠不僅擅自走進店裡，甚至還要求試吃披薩，感覺有點討厭呀。

但她馬上改變了心意。其實剛剛出爐的披薩，是老闆娘花了一個多月時間才研究出的成果。如果有人可以幫忙試吃、給予評價，應該多少都會有些幫助。當然，就算那個人是一隻貓也沒關係。

不久後，黑喵面前出現了一片大大的披薩。牠從行李中掏出圍兜繫在脖子上，同時也準備好刀叉。

「那我就來嚐一嚐囉。披薩就是要趁熱吃才好吃嘛。」

黑喵將披薩切成適合入口的大小，才剛送入口中，牠就驚奇得瞪大了雙眼，因為牠從來都沒吃過這麼好吃的披薩！

吃吃看

才知道

唰

這滋味！

「裡面放了地瓜才會那麼軟綿香甜，再搭上鹹香的培根，味道實在調得恰到好處。上面還撒滿了起司，味道不僅香濃又帶有一股嚼勁。這橄欖的香氣也很棒耶！」

老闆娘看著黑喵一樣一樣的準確說出材料和滋味，驚訝得張大了嘴。

話說回來，剛才牠會知道披薩到了要出爐的時間，這點也很令老闆娘訝異。畢竟牠連看都沒看，光憑氣味就知道披薩已經烤好了。

老闆娘才想完這些，黑喵就一副沒什麼大不了的樣子說：「貓原本就是這樣，可以光憑氣味就知道很多事情。鼻子很靈的不只有狗而已喔。」

牠動著小嘴，將一整片披薩吃得精光。老闆娘的嘴角也不知不覺的上揚，微笑看著黑喵。

這個時候，放在收銀檯的電話鈴鈴作響。

老闆娘在接起電話後，聲音也跟著拉高：「什麼！你怎麼可以突然這樣說不做就不做呢！你不能來上班到我找好新人為止嗎？」

老闆娘嚴肅的講完電話後，立刻癱坐在椅子上。

「唉，這麼小的一間店，要找個員工也不容易。原本還以為我們終於培養起一點默契了……」

黑喵看到老闆娘這樣子，小心翼翼的開口。

「如果您需要助手就跟我說一聲。我原本是不工作的，但總不能免費吃您的披薩嘛。」

老闆娘無精打采

的回答牠。

「很感謝你的好意，但我們店裡需要的不是貓，而是人類。員工必須持續開發新菜單、替店面宣傳，偶爾甚至還得親自去跑一趟外送呢。」

這時電話鈴聲再度響起。這次換黑喵迅速的接起電話，速度快得讓老闆娘都來不及阻攔。

「開口笑披薩您好。請問是要外送嗎？」

老闆娘搖著頭表示不行，但你們知道黑喵回了什麼嗎？

「好，我知道了。馬上幫您送過去。」

老闆娘將雙手交叉在胸前，大大嘆了一口氣。

黑喵將點菜單交給她，神色自若的說：「就讓我幫您這一次吧。這一帶的路我可熟了。」

黑喵將帶來的行李箱拉到收銀檯後方放好。

「可以讓我將行李暫時借放在這裡嗎？」

老闆娘點點頭，接著走進廚房。不管怎樣，既然都已經接下訂單，就得做出披薩才行吧。

在這段期間，黑喵也完成了包裝作業。牠照著老闆娘說的，取出披薩盒，精準的放入酸黃瓜、飲料和折價券。老闆娘將剛出爐的披薩切成八片後裝入盒子裡。

「路上小心。」

「好，請不用擔心。」

走出披薩店後，黑喵一邊哼唱著披薩歌，一邊前往外送的地點。牠有著可以將所有事物編成歌曲的本領。

吃了披薩就開口笑！
笑嘻嘻！嘻嘻笑！
吃了披薩就心情好！
笑呵呵！呵呵笑！

在牠唱完五次左右的披薩歌後，不知不覺的到達了外送地點。

黑喵才剛按下門鈴，屋內的小孩就放聲大喊。

開😊笑披薩
笑嘻嘻！
嘻嘻笑！

「喔耶！披薩來了，披薩！」孩子們一看到黑喵，立刻哇哇大叫。

「爸爸，爸爸！是貓咪耶，貓咪！」

「貓咪送披薩來了！」

黑喵放下披薩盒。

「孩子們，貓怎麼可能會送披薩來呢？你們冷靜一點，趕快吃吧。」

回到店裡後，老闆娘對著剛外送回來的黑喵說：「辛苦你了。我剛才接到客人的電話，他們說披薩很好吃，外送員也很親切，所以非常滿意呢。」

黑喵聳了聳肩，作出一副沒什麼大不了的神情。老闆娘用手指推了一下滑落的眼鏡。

「你剛才問我需不需要助手吧？如果可以的話，你能幫我幾天嗎？直到我找到新員工為止。」

黑喵這次又聳了一下肩膀，這當然是「好」的意思。

「我先休息一下，剛才外送回來，有點累了。」

黑喵爬上收銀檯後方的沙發。雖然這張沙發是小了點，但不破也不舊，真是太好了，牠已經好久都沒有躺在這麼乾淨蓬鬆的沙發上。當黑喵幾乎要睡著時，老闆娘正拎著菜籃準備出門。

「我去一趟市場，店交給你顧了。如果有客人來，你就說聲抱歉，請他們下次再來，知道嗎？」

「嗯，嗯，好……」

黑喵半睡半醒的回答，根本沒聽見老闆娘後面說的那句話。

外頭依舊吹著風，銀杏葉也如下雨般飄落。但這次不管是風還是銀杏葉，都無法打擾到黑喵的午覺。

呼嚕
呼嚕

和樂融融的雙拼

叮鈴叮鈴，叮鈴叮鈴。

當黑喵午覺睡得正香甜時，掛在門上的鈴鐺開始鈴鈴作響。有一位小男孩和一位戴著紳士帽的男士一起走進店裡。兩人從外表到走路的模樣都非常神似，不論是誰都能一眼看出他們倆是一對祖孫。

黑喵走到門口迎接客人。

「歡迎光臨。」

「哇，這裡有貓耶！」

小男孩一看到黑喵就露出燦爛的微笑。爺爺背著手看了看店面。

「哼，餐廳裡竟然會有貓，這裡的衛生環境真是糟透了，我們去別間店吧。」

雖然爺爺這麼說，但小男孩早已經在窗邊的位子坐下。

「不要！我們就在這裡吃吧。好不好嘛，爺爺？」

既然小男孩都開口請求了，爺爺只好坐下。黑喵趕緊送上水。

爺爺乾咳一聲，用沉穩的聲音說：「這裡只有你，老闆不在嗎？點餐前我有些話要先跟他說。」

「老闆娘剛剛去市場了。」

爺爺聽到黑喵的回答後，神情立刻開朗起來。

「老闆不在嗎？這樣啊，那我們只好下次再來了。走吧，爺爺帶你去吃比披薩更好吃的東西。」

爺爺急著想離開店裡，露出慶幸老闆不在的表情。他其實不太喜歡吃披薩，只因為孫子吵著想吃，才會被硬拉到這裡。

但這時小男孩耍賴大叫：「我才不要其他的咧，明明就是爺爺你說要買披薩給我吃的。」

他噘著嘴趴在桌上耍賴。黑喵看著兩人爭吵的樣子說：「老闆雖然不在，但披薩還是有的！請兩位放心點餐吧。」

MENU
MENU

牠將菜單放到桌上。小男孩興高采烈的扭著屁股。黑喵看他一副幸福又苦惱、不知道該選什麼才好的表情，又接著說：「如果是我，會點開口笑披薩。因為那是只要吃了一口就會開懷大笑的魔法披薩喔。」

一聽到魔法披薩，小男孩的眼睛睜得更大了。感覺都還沒吃到披薩，魔法就已經開始奏效。不得不吃披薩的爺爺挑了挑眉毛，發出了「嘖嘖」的咂舌聲。

黑喵走進廚房拿出圍裙和廚師帽。牠在圓鼓鼓的肚子上繫上圍裙，並戴上了外形像吐司的高帽，立刻變身成一位廚師。

你問黑喵會做披薩嗎？不，雖然牠曾吃過幾次，但這還是牠第一次動手做呢。不過那又如何？凡事都會有第一次嘛。況且黑喵那麼能幹，只要看過一兩次，就能依樣畫葫蘆做出來。牠剛才趁老闆娘在做披薩時，偷偷學了幾招。

黑喵首先使出了踏踏技術將麵團壓扁。「踏踏」是一種使用前腳施力按壓的貓咪獨門動作。不僅要將力道控制得恰到好處，而且還要擺出一副沒有特別努力，卻也毫不馬虎的神情。這原本是貓咪對鏟屎官展現愛意的行為，但對現在的黑喵來說，卻是一種將披薩變得彈而有勁的重要技術。

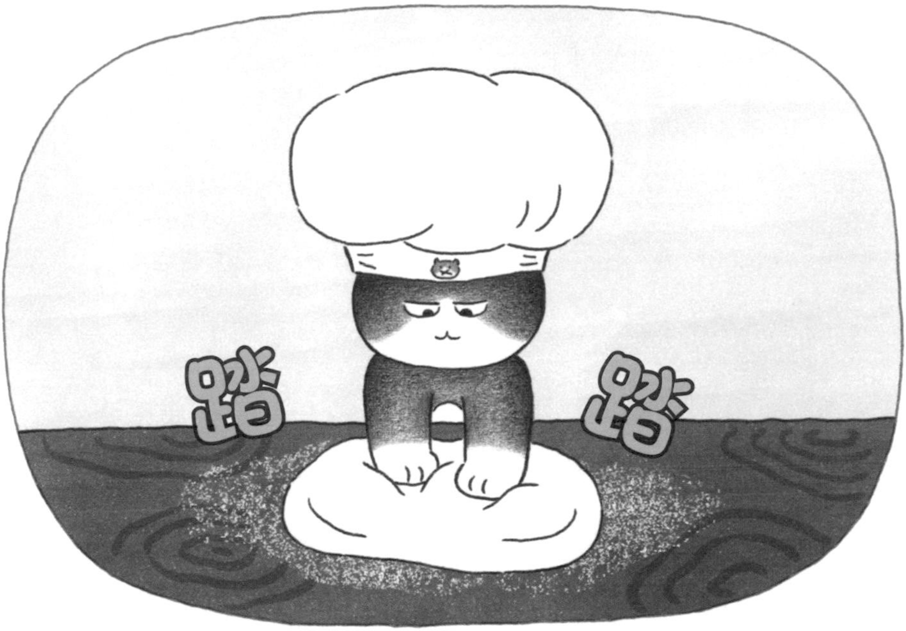
踏
踏

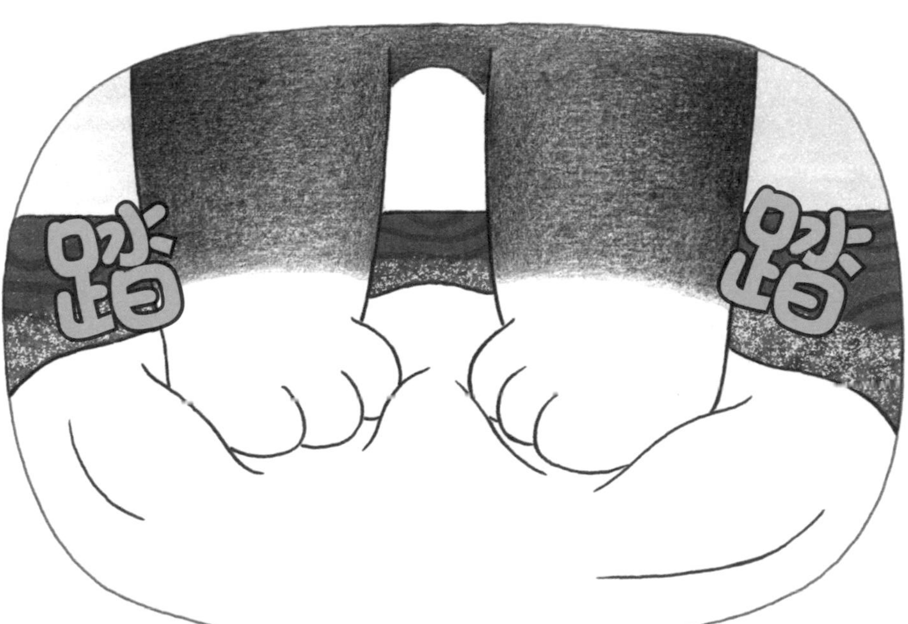
踏
踏

黑喵將前腳放在變薄展開的麵團上，做了一次深呼吸。現在是時候要施展披薩製作過程中最困難的技術了。

黑喵張大了原本緊閉的嘴巴，注入全身的力氣大喊：「咿呀！吼喔喔！」接著用前腳的力量將麵團拋到半空中之後再接住。

「哇！好酷喔！」

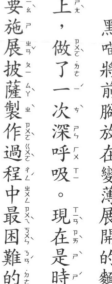

小男孩馬上被黑喵製作披薩的身影迷住了。黑喵興奮的重複了好幾次相同的動作。麵團在空中旋轉一圈又一圈的期間，也逐漸變得越來越大、越來越薄。爺爺雙手交叉在胸前，偷看著黑喵，心裡有點不安，他真不知道黑喵能不能將披薩做好。

「怎麼能拿吃的東西來開玩笑，要是弄掉了怎麼辦，嘖嘖。」

爺爺的話才剛說完，事情就發生了。黑喵拋出的麵團竟然黏在廚房的天花板上。

「這傢伙，我就知道會這樣，所以才說不聽老人言，吃虧在眼前嘛。」

爺爺搖著頭進到廚房，想要取下黏在天花板上的麵團，還是得要個子最高的大人出馬才行。正當他抬頭看向天花板的那一刻，麵團突然「啪」的一聲掉到他臉上了！

「啊！怎麼辦！」

小男孩緊閉嘴巴，強忍笑意。爺爺臉上蓋著披薩麵團，呆愣在原地。黑喵靠近爺爺，小心翼翼的撕下麵團後說：「對不起，我原本沒打算要變這樣的。」

爺爺忍著怒火，只是哼了一聲，並沒有責怪黑喵。黑喵立刻拿出新的一塊麵團，又開始揉了起來。

對不起。
噗！

「咿呀！吼咿咿！呀！吼咿！」

中間牠不斷替自己打氣，也加了爺爺可能會喜歡的特別食材。等待披薩烤熟的時間，牠又創作了披薩歌的第二段歌詞，並唱了起來。

吃了披薩拉直腰桿！伸展！伸展！

吃了披薩鋪好棉被！呼嚕！呼嚕！

當牠唱完三次披薩歌時，整間店都瀰漫著美味的披薩香氣。

黑喵將披薩切得整整齊齊後，送到了桌上。

「為兩位送上開口笑披薩，請慢用。」

「哇，看起來真好吃！爺爺，我們快吃吃看吧，快點。」

小男孩手裡拿著披薩，大大咬了一口；爺爺則是一臉不情願的拿起了披薩。

「真不知道這種東西有什麼好吃的，唉。倒不如吃一口香噴噴的蔥餅還更好呢。」

但當他咬下披薩的瞬間，神情立刻變得不同。

咻
砰
哎呀
這滋味！

「咦？」

爺爺吃完了一片，又拿起另一片。

在滑順的起司之後咀嚼到爽脆的青椒，接下來是香噴噴的培根，讓人胃口大開；培根的香味稍微消散後，地瓜的香甜滋味又緊接著充盈整個口腔；然後是酥脆的麵皮，味道十分爽口。但他怎麼樣都想不出最後吃到的那項食材是什麼。

「嗯，這味道不是我所知道的披薩。你在裡面放了什麼？」

黑喵走進廚房拿出特別食材。

「就是這個！」

牠遞出的東西是珠蔥，醃漬泡菜時會作為調味料加入，在製作蔥餅時也會用到。在這一帶有條著名的蔥餅巷，黑喵之前曾經路過那裡，看過人家製作蔥餅。我們剛才不是說過嗎？牠只要看過一兩次，就能依樣畫葫蘆重現出來。在披薩裡加上珠蔥，就是牠靈機一動想到的點子。

「怪不得這個披薩會有香噴噴的蔥餅味道。話說回來，我們家智宇都沒有把蔥挑出來，吃得津津有味呢。」

爺爺摸了摸小男孩的頭，小男孩燦爛的笑了。

「爺爺！我的披薩沒有加蔥喔，所以超級超級好吃的。」

爺爺看到剩餘的披薩又吃了一驚。其中一半上面放了珠蔥，另一半沒放，原來是雙拼披薩！他用欣慰的表情看著黑喵，不久前才被麵團蓋在臉上的事已忘得一乾二淨。

爺爺和小男孩和樂融融的分著吃了一整個披薩。

當他們走出披薩店，臉上的表情比剛進來時還要幸福一百倍。

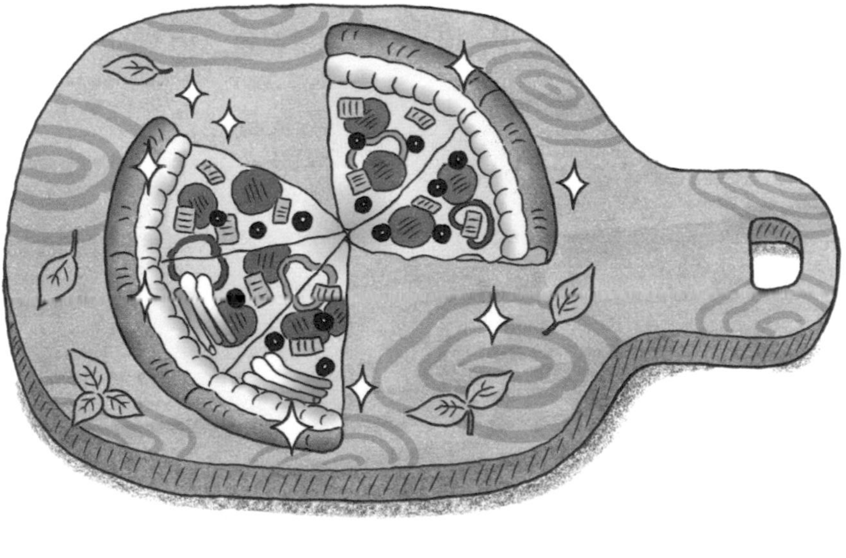

「爺爺，我們下次再一起來這裡。」

「好啊，那下次帶你的麻吉和爺爺的好朋友一起來吧。」

「說好了，一定要喔！」

客人離開後，黑喵將廚房收拾乾淨，接著爬上沙發。

「老闆娘怎麼還不回來呢？」

牠看著窗外想了好一會兒，再度進入夢鄉。

黑喵呼嚕呼嚕的睡著午覺，直到第二位客人上門。

披薩加倍美味的魔法

叮鈴叮鈴。

黑喵被鈴聲嚇了一跳，連忙起身。吵醒牠的是兩個小孩，一對穿著不同，但長相一模一樣的雙胞胎姐妹。她們在店裡轉了一圈，說：

「好像沒有人在。」

「真的沒人在耶。」

正當她們轉身準備離去時，黑喵叫住她們。

「妳們是來吃披薩的嗎？那就進來吧。」

黑喵向她們揮了揮前腳，雙胞胎妹妹突然

舉起雙臂大叫：「姐姐！有貓咪耶！」

「真的是貓咪耶！哇！」

黑喵搖了搖頭。只不過是做個手勢和一句話而已，有必要這麼大驚小怪嗎？牠還後悔了一下自己剛才應該裝睡的。不過既然客人都上門了，當然不能那樣做。牠

替兩位小女孩帶位，沒想到這對雙胞胎連菜單都沒看就直接開口：「請幫我們做出超級超級好吃又漂亮的披薩，因為我們今天要錄吃披薩的影片。」

「吃披薩的影片？妳們幹嘛拍這個？」

雙胞胎一副早就知道會被問這個問題的樣子，俐落的回答：「因為很好玩啊。只要有人喜歡看我們的影片，我們就會覺得很開心！」

黑喵歪著頭再次發問：「有誰要看妳們吃披薩的影片啊？」

雙胞胎妹妹搶先回答：「爸爸、媽媽會看，住在國外的阿姨和奶奶會看，還有我們在學校的朋友們也都會看啊。」

雙胞胎的美味放送

黑喵無言以對的輪流看著雙胞胎姐妹。

妹妹悶悶不樂的嘆了一口氣之後，又說：「雖然現在只有認識我們的人看，但只要出名以後，就會有一堆人收看，所以我們得好好拍才行。」

一聽到會有很多人看，黑喵的眼睛突然變得閃閃發亮。

「那我也可以一起拍嗎？我原本是不太喜歡錄影的，但有點好奇自己在影片中會是什麼樣子。」

「真的嗎？那當然好呀！」

雙胞胎姐妹興奮的用手掌拍打桌面。有貓出現的影片人氣總是特別高。在她們以前看過的影片中，有一支貓咪趁鏟屎官不注意時偷翻披薩盒子的影片，瀏覽人數可是超級無敵高的，更何況是和貓咪一起吃披薩的影片！光用想的，就已經感覺像是得到一百多個「讚」了。

在雙胞胎進行拍攝事前準備的時候，黑喵照著她們指定的樣式，做了一個更美味又更漂亮的披薩。牠先用美式臘腸排出一個圓圓的臉，再用黑橄欖擺上眼睛和嘴巴。

黑喵將做好的披薩放在桌上後，坐到雙胞胎中間。

「接下來要怎麼做？」

「只要和我們一起吃披薩就好了。」

「只要吃披薩就可以了嗎？」

「嗯！」

黑喵馬上拿起一片披薩。雙胞胎姐姐嚇了一跳，趕緊阻止黑喵。

「等等！我還沒按下錄影鍵。」

黑喵只好將披薩放回去並等待著。

「現在要拍了，開始！」

「大家好，這裡是光用看的就讓人垂涎三尺的美味放送《看了就想吃》節目。今天要吃的是大家都很喜歡的披薩。掌聲鼓勵！」

雙胞胎用誇張的手勢指向披薩。

「我們今天特別邀請到了這位貓先生，對了，你叫什麼名字？」

「我的名字叫黑喵。」

「好，我們將要和黑喵先生一起品嚐披薩。黑喵先生，你準備好開動了嗎？」

「準備嗎？啊，真是的！等我一下！」

黑喵突然起身，從行李中拿出刀叉、圍兜，還有一個不知道裝了什麼東西的小玻璃瓶。

「我現在準備好了。」

雙胞胎一臉錯愕的互相對看，因為她們還是第一次見到準備得這麼周全的貓呢。

但就在這時，一件更令人傻眼的事情又發生了。

黑喵在轉眼間就吃掉了一片披薩。雙胞胎妹妹急忙按下錄影停止鍵。

「唉唷，你怎麼能先吃呢？」

「妳們不是說我只要負責吃就好了嗎？」

「在吃之前要先給鏡頭拍一下食物，還要稍微描述聞起來怎麼樣，這樣收看的人才會有和我們同步品嚐的感覺呀。我們的節目是《看了就想吃》，又不是《看了就生氣》。」

姐姐認真的繼續說明。

「我們的目標不是做出明明就很難吃，卻裝作很好吃的那種假節目；而是要做出尋找真正的美食餐廳，並介紹給大家認識的真實節目。」

「沒錯！沒錯！我們有自己專屬的特色！」

妹妹接著說。黑喵嘆了一口氣。

「唉，妳們剛才明明說我只要吃就可以了。總之我知道了，我原本是美食當前怎麼樣都忍不了的，但第二次會好好拍的。」

在數到三的同時，姐妹再次開始正式錄影。黑喵一本正經的聞著披薩。

「黑喵先生，可以請你描述一下這個披薩的味道嗎？」

「這讓我感到頭暈目眩。」

「頭暈目眩嗎？」

「因為實在太香了，讓我有點暈頭轉向，連要回答問題都有困難，所以妳們就別再提問了。」

雙胞胎用手掩著嘴不停的笑，她們聽到黑喵直接了當的說法，也不由自主的點頭。

美食在前，當然會很想要趕快開動，這時如果大腦發出

頭暈目眩

要忍耐的訊號，自然就會感到頭暈目眩了。

「好，那我們現在就趕快來吃披薩吧。」

「啊，等一下。」

黑喵打開稍早拿出的小玻璃瓶，將裡面的粉末均勻撒在披薩上。

「這是什麼？好像不是起司粉耶？」

「這是可以讓所有食物美味加倍的魔法粉末。」

「魔法粉末？這是用什麼做的呢？」

「我原本是不隨便向別人透露的喔……這是用小魚乾做的！」

「什麼！用小魚乾做的？」

雙胞胎捏住了鼻子，還皺起眉頭，因為她們最討厭的小菜就是炒小魚乾了，更何況現在還要將小魚乾粉撒在披薩上！不用吃就知道味道一定會很奇怪，但黑喵卻吃得津津有味的樣子。

雙胞胎充滿懷疑的咬下一口撒上小魚乾粉的披薩。一開始還能吃得出一些小魚乾的味道，但竟然神奇的越嚼越香！小魚乾粉和起司混合之後散發的鹹香滋味在口腔裡和諧的擴散開來，甚至讓人忘了自己正吃著小魚乾粉呢。

「哇，這樣吃真的很好吃耶！各位也請將小魚乾粉撒在披薩上吃吃看吧。大家都知道小魚乾的鈣質非常豐富吧？尤其是那些為了身高太矮而煩惱的朋友們，請一定要試試看。」

黑喵看著雙胞胎開心吃著披薩的樣子，內心感到十分滿足，也覺得幸好自己向她們介紹了小魚乾粉這樣好東西。

黑喵和姐妹倆和樂融融的分享著披薩。這盤披薩一共有八片，每個人各吃了兩片之後，就只剩下兩片。這讓雙胞胎姐妹苦惱了一下。兩個人一起吃的時候，一個人可以吃掉四片，所以根本不用煩惱。可是現在卻還有黑喵要吃。

這時，默默盯著披薩看的黑喵拿起手中的刀子，將披薩切片。牠將其中一片切成三份，又將另一片也切成了三份。

「披薩直到最後一片都應該要平均分配啊。這樣切的話，我們三個就能再各吃兩片了吧？」

雙胞胎點點頭，並用大拇指向黑喵比了「讚」。

吃完披薩後，雙胞胎姐姐說出收尾的臺詞。

「那麼今天的《看了就想吃》到此結束，再見！」

姐妹倆確認了剛才拍的影片。

「呵呵，黑喵撒小魚乾粉的表情真是可愛。姐，妳說對吧？」

「妳知道自己盯著牠看的表情超好笑的嗎？嘻嘻。」

黑喵只是在一旁偷偷瞄著，沒有開口說要看影片，因為牠原本就很討厭由自己主動開口。幸好姐姐看出黑喵的心思，將相機螢幕拿給牠看。

「黑喵，你看，我們三個都很上相吧？」

黑喵看著自己被相機拍到的影像，覺得非常神奇。牠希望影片能像她們的願望一樣，有很多人看到就好了。雙胞胎姐妹確認完影片之後，掏出了摺得皺巴巴的錢，結帳後離開了。

「等我們上傳好影片，會再拿來給你看的。再見！」

黑喵點點頭，送兩人離去。

在兩姐妹離開不久之後，剛去市場的老闆娘回來了。

「沒什麼特別的事吧？哎呀，你賣掉兩份披薩耶，該不會都是你做的吧？」

「因為有客人上門啊。我原本是想直接請他們回去的，但總不能那麼做吧。」

黑喵一副沒什麼大不了的樣子，跳上了沙發。不知是不是剛才拍影片太累，還是因為吃得太撐，睡意立刻向牠襲來。

這時有人正在窗外用冷冰冰的視線看了黑喵好一陣子後，拿起電話打到某個地方，又急忙跑進開口笑披薩對面的餐廳。黑喵對這些一無所知，就這麼打著盹進入了夢鄉。

辣醬
辣醬
辣醬
呼嚕
呼嚕

是誰偷的魚？

傍晚，老闆娘打烊後正在整理店面，黑喵則是在廚房掃地。

這時，有位警察來到店裡。

「不好意思。」

「請問您這個時間來，有什麼事嗎？」老闆娘脫下圍裙問道。

警察快速掃視了一下店面，小心謹慎的開口：「因為有居民報案。對面海產店說他們的魚缸每天晚上都會有一條魚消失不見。」

「哎呀！那就是說我們這一帶有小偷囉？」老闆娘一臉擔心的再次問道。警察先生又一次掃視了店裡，而且這次特別仔細。老闆娘問他：「怎麼了嗎？」

「請問這裡有養貓嗎？」

老闆娘馬上意會過來警察的意思。她每天做生意要應付那麼多客人，機靈程度可不輸給流浪貓呢。

「那隻貓不是我養的，是暫時留在我們店裡幫忙的。」

警察搔搔頭，作出為難的表情。老闆娘帶著些微怒氣說：「您該不會是在懷疑那隻貓吧？難道您有監視器畫面之類的證據，可以

指認是牠做的嗎？」

「正因為監視器拍到的畫面不是人類，所以我才……」

老闆娘恍然大悟，轉頭看向對面的海產店。原本站在店門口盯著披薩店的老闆急急忙忙跑回店裡。

「就算不是人類，也不能肯定犯人就是貓吧。不是嗎？」

警察點點頭，並留下若有發現任何異常，請連絡警方的話之後離開了。

黑喵在廚房裡聽到警察和老闆娘的對話，對於被懷疑是魚小偷的事情感到非常不是滋味。但這種事也不是第一次發生，在牠先前經歷過種種事情之後，才知道原來沒有人照顧的流浪貓，很容易被當成小偷看待，甚至還被稱作「貓賊」呢。

老闆娘在離開店鋪之前，再三叮嚀黑喵說：「你睡覺前一定要把門鎖好，不要到處跑來跑去，尤其是不要在海產店附近出沒，知道嗎？」

「好，請不要擔心。」

老闆娘離開後，黑喵躺在沙發上，蓋好棉被，準備進入夢鄉。但不知為何一直睡不著。警察說的話不斷在牠耳邊迴盪。

「監視器拍到的畫面不是人類。」

在翻來覆去好一陣子後，黑喵像是下定了什麼決心似的，前腳緊緊的握拳。

「我絕不能就這麼算了。當作是為了所有的流浪貓也好，這可是很重要的問題！」

牠等到外面變成黑漆漆的一片，餐廳招牌的燈也全部熄滅，沒有人車經過的時候，才走出店裡。黑喵將身子藏在店門口的廢棄紙箱，捕捉魚小偷作戰就此展開。

黑喵將頭探出紙箱，眼睛使勁的盯著海產店。幸好牠午覺睡得夠久，現在一點也不睏，只要一想到必須抓到小偷，牠反而感到精神為之一振。

黑喵躲在紙箱裡觀察後不久，某處傳來窸窸窣窣的聲音。那一瞬間，牠臉上的鬍鬚全都指向了同一個方向。貓就是多虧有這些鬍鬚，才能在暗處之中察覺到非常細微的動作。

新鮮海產
活魚
活烏賊
章魚切片
新鮮
握壽司 345元
海鞘 400元
牡蠣 265元
鮭魚 535元
生魚片蓋飯 400元
比目魚 880元
石斑 600元
活烏賊 585元
章魚 800元
新鮮海產
午間特餐

黑喵從紙箱裡出來，朝著鬍鬚所指的方向壓低身體。就在這時，某個東西正往海產店的魚缸迅速移動。黑喵盡可能的將身體貼近地面，悄悄走近那裡。

移動中的黑色物體觀察一下四周之後，瞬間爬到了魚缸上頭。

「哐」的一聲，蓋在魚缸上的木板掉到地上。

黑喵冷靜的走到魚缸下方。那個黑色物體只顧著撈魚，完全不知道黑喵已經接近。

「嚇！魚小偷竟然是……」

黑喵看見的黑色物體正是水獺！

水獺用前腳扶著魚缸，將頭伸入水裡，瞬間咬住一條魚後，從海產店的後方逃走了。

黑喵飛快的追趕水獺。水獺穿越了海產店的停車場，跑向橋下。這條路黑喵從來不曾走過，牠苦苦追趕了好一陣子，一股濕漉漉的腥味撲鼻而來，原來旁邊就是一條小河。

「哇！我都不知道這裡竟然有河耶。」

河水、草地、泥土的氣味和夜晚的空氣包覆著黑喵的身體。要不是因為那個魚小偷，牠甚至想當場躺下來盡情打滾玩耍呢。

黑喵心想下次一定還要來，便再次追逐水獺。牠本來就是一旦下定決心要做某件事情，就一定會堅持到底。

水獺抵達河邊的草叢後，用充滿警戒的眼神四處張望。過了一陣子，躲在附近的另外兩隻水獺出現了。從牠們體型較小的這一點看來，應該是水獺寶寶。黑喵遠遠站在一旁看著牠們。雖然因為天色太暗而看不太清楚，但牠能感覺到水獺一家正津津有味的吃著魚。

「嗯，這和我原本計畫的不一樣……」

你問黑喵原本的計畫是什麼？還會是什麼，當然是抓到魚小偷之後，把牠送到警察局囉。要是小偷到最後都還不肯認帳，那黑喵

會使出無情貓拳將牠打倒。如果這樣還是不行，就用藏在腳趾下的爪子來刮花牠的臉，並且告誡牠不准出現在海產店附近。

但知道魚小偷是一隻水獺媽媽後，牠的想法又改變了。因為在這世界上，不管是水獺也好，流浪貓也好，沒有任何一種動物是沒有媽媽就誕生的。

黑喵盯著水獺一家看了好一會兒後，悄悄的轉身離去。在回程的路上，牠也沒忘記要在稍早經過的地方休息、打滾一下。黑喵原本就很喜歡自己玩耍。不只是玩，不管是什麼事情牠都能獨自處理得很好。

回到店裡之後，黑喵爬上了沙發，伸直雙腿躺好。在牠開始呼嚕呼嚕打呼時，已經在河邊草叢吃完晚餐的水獺一家也剛剛入睡。

隔天一早，黑喵找上海產店的老闆，告訴他昨晚見到的事情。

「你說是水獺？確定有看清楚嗎？」

「對，我看到牠叼著魚，就跟去看了。那裡還有水獺寶寶。」

「這麼說來，我之前曾聽說有人在水產市場附近看過水獺。好像是因為河裡沒有吃的東西，所以跑到人類居住的區域了。原本還以為這是別人家的事，看來是我太沒戒心了。」

老闆一副無精打采的樣子，有氣無力的說道。

「你會告訴警察嗎？」

黑喵問他。

「不會。水獺是保育類動物，既不能隨便抓，又不能罰牠錢，講了有什麼用？話說回來，真對不起。我沒有先好好了解實情，就直接懷疑你了。」

「我原本還有點生氣，不過現在沒事了，反正我們已經知道真正的犯人是誰。不過那條魚是死了嗎？」

黑喵指著砧板上的大魚發問。

「我早上來魚缸一看，發現牠已經浮在水面上，所以才撈了出來。死魚可不能拿來做生魚片呢。」

聽到這句話，黑喵的雙眼開始閃閃發亮。

「那可以給我吃嗎？我想知道這是不是比鮪魚罐頭還好吃。」

「雖然鮪魚罐頭也很好吃，但這應該比那個好吃一百倍吧？為了表示歉意，讓我幫你切成適合入口的大小吧。」

「不用了，就這麼給我吧。魚本來就是要一整條直接啃才更加美味嘛。」

老闆笑呵呵的將魚裝到塑膠袋裡交給黑喵。牠邊晃著袋子，邊走回披薩店。

當晚，黑喵又藏身在紙箱裡，等著水獺出現。過了一會兒，某處傳來了窸窸窣窣的聲響。

黑喵壓低身體，來到海產店。當牠走到魚缸底下時，發現水獺正在和魚缸上的蓋子較勁。但蓋子已經上了鎖，根本文風不動。驚慌的水獺在上面徘徊好一陣子，後來確定自己是撈不到魚了，才垂頭喪氣的跳回地面。

黑喵覺得時機到了，便將手上的塑膠袋丟向水獺。水獺嚇了一跳，躲到魚缸後面，接著又小心翼翼的走出來，聞一聞味道後立刻叼起塑膠袋跑了。

那個袋子裡裝了什麼，就算我不說，你們也知道吧？

黑喵悠閒的看著水獺的身影穿越海產店停車場，最後消失在橋下。

牠在回到披薩店的路上，喃喃自語的說：「美食本來就是要分享才會更好吃嘛。」

我是貓咪廚師黑喵

披薩店客人難得像這樣絡繹不絕。老闆娘正為了點餐和送餐忙得焦頭爛額。

你問黑喵在做什麼？牠當然也很忙囉！黑喵正在廚房裡不停烤著披薩，最近的人氣餐點正是牠研發出的蔥餅披薩。多虧有這款披薩，店裡一下子增加了許多帶著孫子、孫女上門的爺爺、奶奶級客人呢。

送走所有的客人後，老闆娘和黑喵準備吃午餐。今天老闆娘特地為黑喵做了一份貓臉造

型披薩。

先用加了墨魚汁的麵團做成餅皮，再用炸過的義大利麵當成鬍子黏在上頭。

「鏘鏘！這是全世界獨一無二的黑喵披薩。」

黑喵看了披薩後，驚喜的叫了：「哇！這是照著我的臉做出來的嗎？」

「呵呵，當然囉。如何？很想快點吃吃看吧？」

「嗯，雖然看起來很好吃，但想到要吃用自己的臉做成的造型披薩，感覺有點奇怪呢。如果是做成老鼠造型或許會讓我更有食慾。

熱氣
騰騰
熱氣
騰騰
小魚
乾粉
鏘鏘～！

不過我想孩子們一定會很喜歡這個披薩的，他們原本就很喜歡動物，更何況貓咪在動物之中又擁有超高人氣！」

黑喵看起來一臉得意洋洋的樣子。

「喔，這個點子不錯耶？」

老闆娘內心盤算著要開發一些動物造型披薩作為新菜色。

正當黑喵和老闆娘快要吃完午餐時，前幾天曾和孫子一起來過的爺爺走進店裡。

「歡迎光臨。」

「你好，我想要打包一份蔥餅披薩。可以請貓咪廚師親手為我製作嗎？」

黑喵一聽到自己被稱作貓咪廚師，開心的笑了。牠一直希望某天能聽到有人這麼叫牠。

「請稍等一下，我馬上為您製作。」

黑喵為了那位爺爺，精心的製作披薩。這次牠的力道控制得很好，沒有再失手將麵團黏到天花板上了。在披薩烘烤的這段時間，爺爺將手中的紙袋交給黑喵。

「你要不要戴戴看這個？這是我年輕時戴過的，我想應該會很適合你，所以就帶過來了。」

袋子裡裝的是一頂用麥稈編織而成的牛仔帽。黑喵將帽子戴在頭上。雖然會壓到兩邊的耳朵，有點不太方便，但牠卻不討厭，因為黑喵原本就很喜歡耍帥嘛。

「謝謝您。真正的帥哥不管戴什麼帽子都很適合呢。」

黑喵脫下帽子鞠躬致謝。

「我原本以為你只有披薩做得好，沒想到也是一隻很懂品味又有禮貌的貓呢。呵呵，這小子真不賴。」

爺爺拿著披薩盒，充滿喜悅的走出店門口。

過了一會兒，這次換雙胞胎姐妹氣喘吁吁的跑到店裡。

「黑喵，你看這個。我們一

起拍的吃披薩影片，瀏覽人次已經有五十人了。喔？剛才又增加了一人！」

「而且也有十個人訂閱囉！很厲害吧？」

黑喵其實搞不太懂五十一個瀏覽人次和十個人訂閱到底是有多受歡迎。不過又怎麼樣？雙胞胎姐妹看起來比上次還要幸福一千倍，這樣就足夠了。

「他們說你吃披薩的樣子很可愛又很神奇。」

「竟然會覺得我吃東西的樣子很神奇，這點才神奇呢。」

姐姐將智慧型手機交給黑喵。

MENU
51
擦擦 擦擦

「不過也有人給了負評。他說撒了小魚乾粉的披薩又不好吃。」

黑喵乾咳了一聲，一臉無所謂的說：「每個人的口味本來就不同嘛，所以喜好的吃法當然也都不同囉。」

雙胞胎姐妹聽到這句話，同時點了點頭。正當黑喵沉浸於自己在影片中的模樣時，雙胞胎妹妹將藏在背後的一個小盒子交給黑喵。

「這是給你的禮物。是我們在開始拍攝《看了就想吃》節目時收到的賀禮，不過感覺你會比我們更需要它。」

盒子裡裝著一個白色魚形的碗，大小正好適合拿來當成黑喵的飯碗。

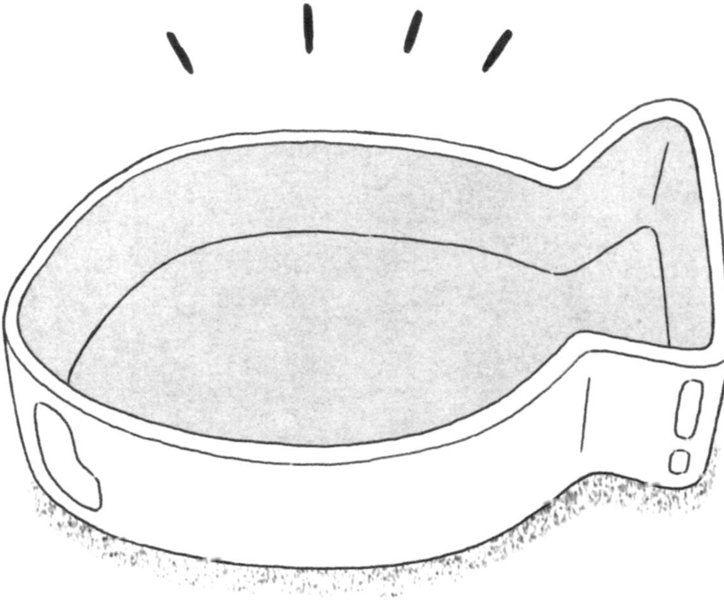

「謝謝妳們。感覺裝進這個碗裡的食物，吃起來都會有魚的滋味！」

雙胞胎姐妹看到黑喵這麼喜歡這個禮物，也跟著開心起來。

「每當你用這個碗吃飯的時候，都要想起我們喔！知道嗎？」姐姐說。

黑喵遲疑了一下後回答：

「我原本在吃飯的時候不會分心想其他事情，但會努力看看的。」雙胞胎姐妹向黑喵道別後，離開了店裡。她們甚至連走路時，眼睛都還離不開智慧型手機呢。

在一旁聽著黑喵和孩子們對話的老闆娘心想，如果能繼續跟這麼受客人歡迎的廚師一起工作就好了。於是她決定要試探一下黑喵的想法。

「我之前都不知道貓咪廚師的人氣會這麼旺呢。你做得很好，應該可以直接當員工，不用當助手了。」

你們覺得黑喵在聽完老闆娘的話之後，會怎麼回答呢？

「工作嗎？我原本是不工作的，只是稍微幫個忙而已。而且我之前不是說過嗎？總不能免費吃那麼美味的披薩嘛。」

老闆娘笑著整理桌子。

這時，海產店的老闆急急忙忙的跑進店裡。

「老闆你帶了什麼禮物來啊？」

老闆驚訝的輪流盯著老闆娘和黑喵。

「妳怎麼知道我帶了禮物過來？黑喵，這個給你。不管什麼時候，只要你想吃新鮮的生魚片，就過來我們店裡，出示這張優惠券就可以了。」

老闆送的東西是只有黑喵才能用的優惠券。正面寫著「新鮮海產店免費招待券」，背面則是寫著「歡迎攜伴蒞臨！」。

黑喵聽到可以和朋友一起去用餐，被老闆感動了。一想到可以和這段時間認識的朋友分享美食，牠就不禁開心的傻笑。黑喵在各地到處遊走的這段期間，領

悟到一件事——只要敞開心胸，不管和誰都能變成朋友。

「謝謝你。我原本是不怎麼喜歡拿免費的東西，不過這個是禮物嘛。」

「啊，還有水獺的食物，我決定要另外幫牠們準備了。我打算在回家之前將死掉或賣剩的魚藏在魚缸後面。仔細想想，自從那隻水獺開始進出我們店裡，客人就慢慢增加了耶。可能那傢伙替我帶來了好運吧，哈哈哈！」

老闆爽朗的笑聲貫穿了整間披薩店。

老闆回去之後，黑喵拿出放在收銀檯後方的行李箱。

「那裡面裝了什麼呀？從你來到這間店的那天開始我就很好奇了，但一直忙到沒時間問。」

「那現在就讓您瞧瞧吧？我原本是不隨便給別人看的，但您畢竟還替我做了貓臉披薩嘛。」

黑喵將行李箱放倒在地並打開蓋子。那一刻，原本被緊緊壓著的東西全都跑了出來。老闆娘驚訝的問：「這些全都是你收到的禮物嗎？」

「對啊，這是我陪小朋友玩，得到的老鼠玩偶。雖然不是專門給貓玩的玩具，但只要摸一摸，心情就會變好。這是宅配大叔送我的膠帶。前不久我在路上巧遇他，他說謝謝我之前幫忙送包裹，所以送了我這個。上面還印著貓掌，很可愛吧？還有這個是……」

黑喵掏出的每一樣禮物，都各有它們自己的故事。如果要聽完所有的故事，大概得花上三四天才能結束吧。

老闆娘像是興致勃勃聽著故事的小孩，專心聆聽黑喵說話。

剛才一樣樣掏出禮物的黑喵，這時不知不覺的睡著了。老闆娘拿出薄毯輕輕替牠蓋上。在這幾天之間，天氣已經變得挺冷的。

或許是風從打開的窗戶縫隙鑽了進來，門上的小鈴鐺發出了鈴聲。

睡夢中聽見聲音的黑喵，像在說夢話似的小聲嘀咕著：「歡迎光臨，我是貓咪廚師黑喵。」

我的朋友黑喵

大家好！我是流浪水獺——水鳳。沒錯，在海產店偷魚的那隻水獺就是我，當然我現在已經不再那麼做了。你問為什麼「黑喵的話」會由我來寫？因為黑喵太忙了呀，所以牠請我幫忙代筆。我總不能拒絕朋友的請求吧。

這段期間我的生活有了一些變化。首先就是不用再煩惱吃的問題。現在只要前往海產店，就能找到一個裝有一條魚的塑膠袋。我會將袋子叼回家，和孩子們一起分享那條魚。也多虧這樣，兩個孩子都長得頭好壯壯。

還有，我和黑喵變成了朋友。我自己也沒想到會和流浪貓變成朋友，因為我們住的地方不同，幾乎不太有機會碰到面。不過有一天，我在河邊的草叢裡看到一隻躺在那裡滾來滾去的傢伙。那時我馬上就明白，當初將裝著魚的塑膠袋丟給我的正是黑喵。我向牠道謝，牠要我別客氣。

「美食本來就是要分享才會更好吃嘛。」

我聽到牠那麼說，暗自下定決心，自己也要成為一個像黑喵一樣，懂得分享好東西的朋友。

你問黑喵現在在哪裡？這我也不知道。正如你們所知，黑喵原本就不會事先決定好要去哪個地方。牠和離開水就無法存活的我不同，牠只要靠著四隻腳，不管是哪裡都能去。說不定下次會出現在你住的社區呢！如果到時候你見到黑喵，可以替我像這樣跟牠打個招呼嗎？

「你好啊，朋友！」

黑喵的話代筆人　朋友水鳳

下次再見—！
CAT
老闆娘收

我是問題終結者＿＿＿＿＿

在這一集故事中，黑喵運用了細膩觀察力及創新應變能力，做出了讓討厭披薩的爺爺和挑食的男孩都讚不絕口的創意披薩。現在請你跟著黑喵一起當廚師，在下方畫上專屬於你獨一無二的披薩吧！

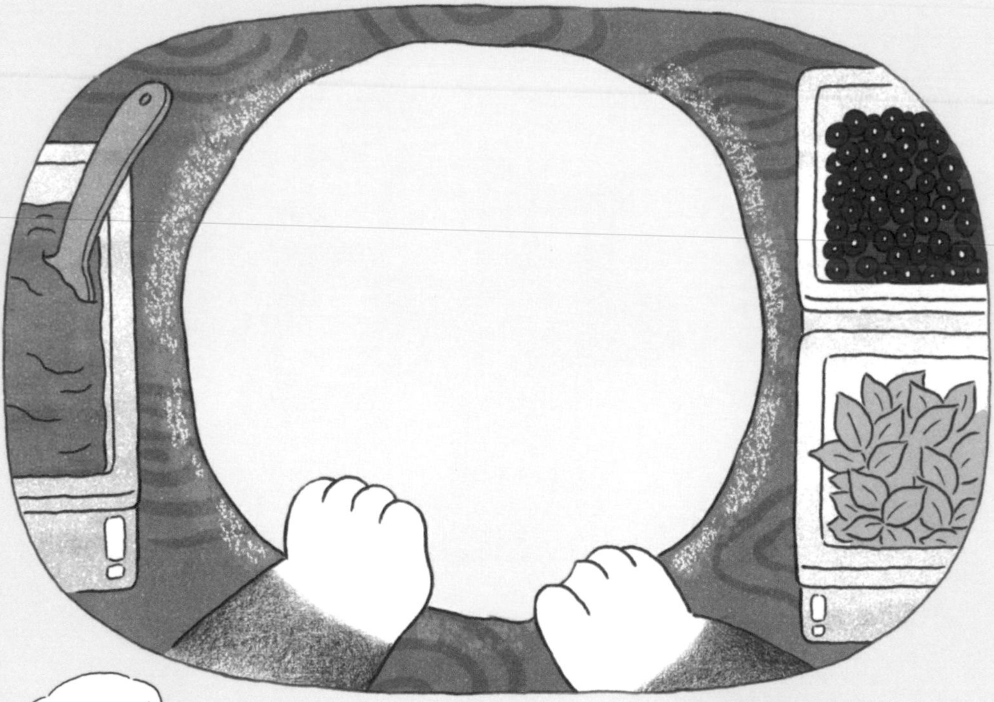

沿著虛線剪下，就可以當成信紙，將溫暖的心意傳遞給他人喔。

To:

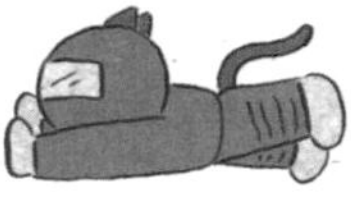

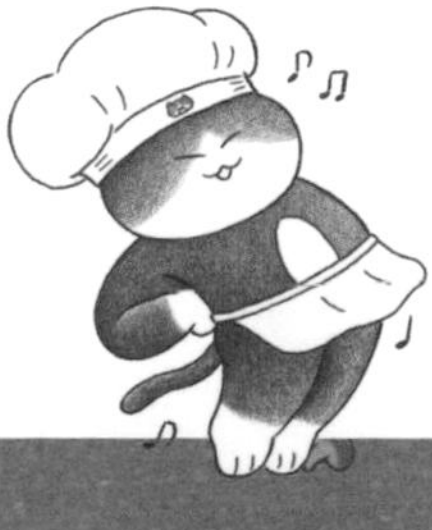

From:

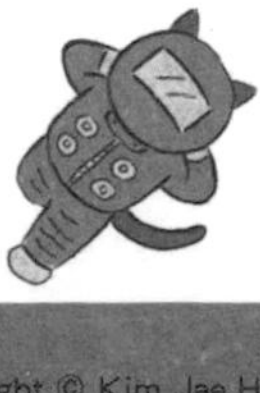

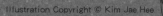

To:

From:

To:

沿著虛線剪下，就可以當成信紙，將溫暖的心意傳遞給他人喔。

From:

To:

From:

To:

From:

沿著虛線剪下，就可以當成信紙，將溫暖的心意傳遞給他人喔。

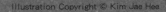

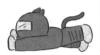

To:

From:

國家圖書館出版品預行編目資料

問題終結者黑喵2：挑戰最棒的料理！／洪旼靜文字；金哉希繪圖；賴毓棻譯.——初版一刷.——臺北市：弘雅三民，2021

面；　公分.——（小書芽）

譯自：고양이 해결사 깜냥 2: 최고의 요리에 도전하라!

ISBN 978-626-307-328-9（平裝）

862.596　　110014992

小書芽

問題終結者黑喵 2：挑戰最棒的料理！

文　　字	洪旼靜
繪　　圖	金哉希
譯　　者	賴毓棻
責任編輯	江奕萱
美術編輯	江佳炘
發 行 人	劉仲傑
出 版 者	弘雅三民圖書股份有限公司
地　　址	臺北市復興北路 386 號 (復北門市) 臺北市重慶南路一段 61 號 (重南門市)
電　　話	(02)25006600
網　　址	三民網路書店 https://www.sanmin.com.tw
出版日期	初版一刷 2021 年 11 月
書籍編號	H859700
I S B N	978-626-307-328-9

弘雅三民圖書

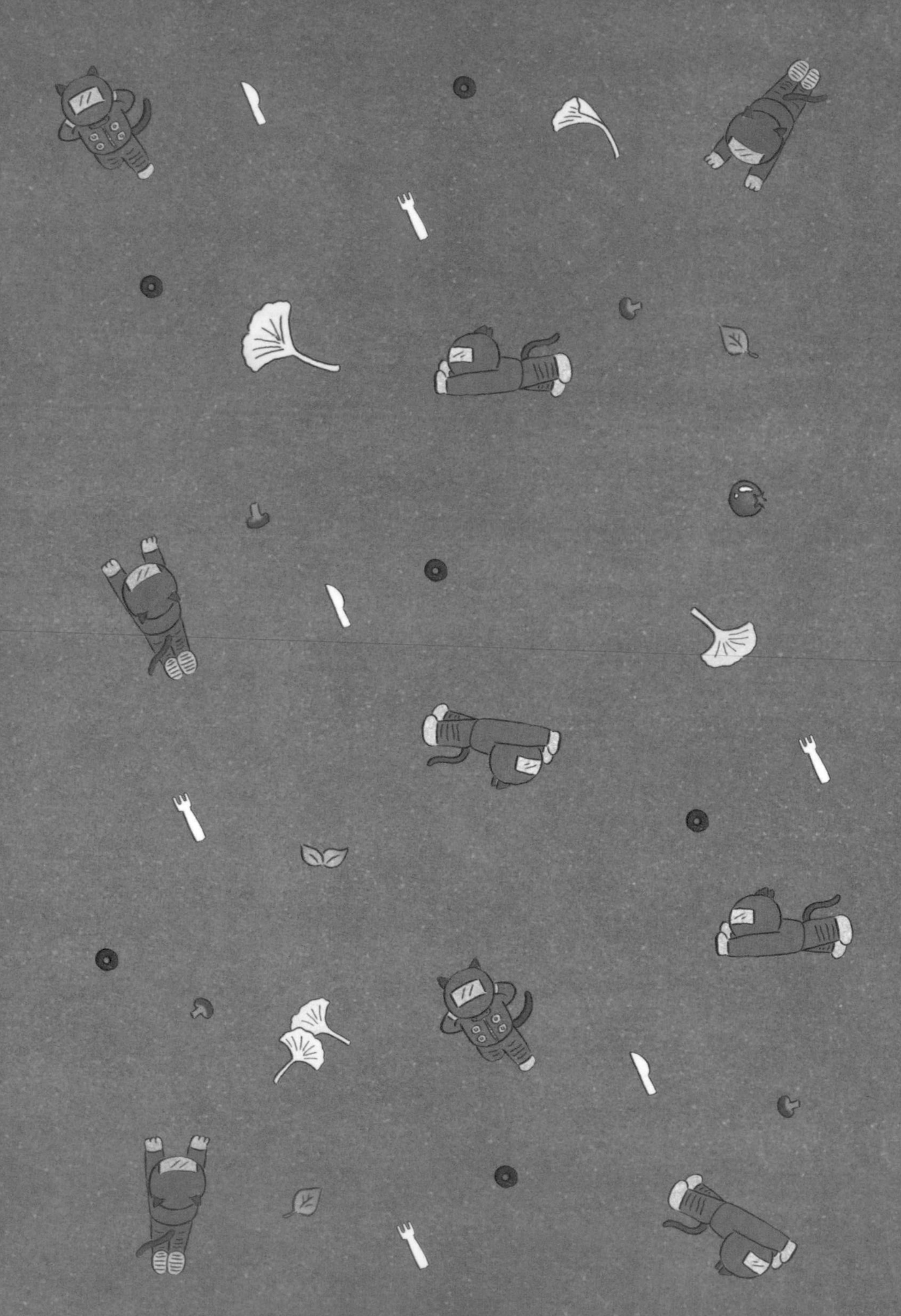